_______________님께

굽은 길 위에서 나를 만나다

지은이 유미정
펴낸이 김용태 | **펴낸곳** 이룸나무
편집장 김유미 | **편집** 김민채
마케팅 출판마케팅센터 | **디자인** YYCOM
초판 1쇄 인쇄일 2015년 1월 25일
초판 1쇄 발행일 2015년 2월 1일
주소 410-828 경기도 고양시 일산동구 산두로 265-17 3층 (정발산동)
전화 031-919-2508 **마케팅** 031-943-1656 **팩시밀리** 031-919-2509
E-mail iroomnamu@naver.com
출판 신고 제 2015-000016 (2009년 9월 16일)
가격 10,000원
ISBN 978-89-98790-32-5 03810
※ 잘못된 책은 구입한 서점에서 바꾸어 드립니다.

굽은 길 위에서
나를 만나다

유미정 지음

시집을 엮으며

더는 내가 서 있을 곳을 잃은 날,
나는 내 앞의 굽은 길을 보았다.
굽어 있기에 길은 볼 수가 없었다.
어느 순간 굽은 길 위에 서 있는 나를 보았다.
굽은 길 위를 걷기란 순탄하지 않은 바람과
거센 파도를 걸어야 하는 길이었다.
매일 찾아오는 어설픔을 이겨내고
매일 찾아오는 걱정을 돌려 보내고
실수에 넘어지고
허상의 옷을 벗긴다.
가지 않아도 될 길이면 좋았으련만
굽은 길이 더 아름다울 수 있었던 것은
내가 알지 못했던
또 다른 나를 만날 수 있었음이다.
굽은 길 위에서 만난
바람에서 숨결에서
짙은 삶의 향내를 건져 올린다.

굽은 길 위에서 만난
바람 햇살 파도는 나를 읽어 준다.
나처럼 굽은 길 위에
서 보지 않은 사람의 행복을 사랑한다.
나처럼 굽은 길 위
어디선가 울고 있을
누군가의 눈물을 이해한다.
나보다 더 깊고 굽은 길 위에
서 있을 누군가의 힘겨움을 돕는다.
굽은 길의 비밀을 열어 본 열쇠는
깊은 바다에 잠기고
나는 열쇠가 잠긴 망각의 바닷물을 마신다.
그리고 나는 굽은 길 위에서 만난
또 하나의 나에게 해에게서 만난 미소를 보낸다.

2015년 2월
이른 봄날에
유미정

제 1 부 불꽃 축제

C·o·n·t·e·n·t·s

제 3 부 그리움

C·o·n·t·e·n·t·s

Ⅰ부

불꽃 축제

운명

너는 시
너는 하늘
너는 바다
나에게 너는
운명의 빛

나는 빛을 따라간다

마음과 마음

언제부터인가 너의 마음이
내 마음에 머물고 있어
마음이 마음을 따르고 있어
마음이 마음을 바쳐주고 있어

마음에도 향기가 있었어
마음과 마음이 만나
향기를 더할 땐
나는 그 향기에 취해
꿈을 꾸지 행복이라는 꿈
우리는 하나의
마음이 되었어

선물

너는 나에게 웃음을 준다
나는 네 웃음에 웃어도
내 가슴은 꽃을 피우지 못한다
가슴속엔 무엇이 있기에

너는 나에게 행복을 준다
나는 너의 행복에 젖어도
내 마음은 슬픈 눈물이 흐른다
마음속엔 무엇이 있기에

웃음에 피지 못하는 가슴도
행복에 젖지 못하는 마음도
네가 준 마음속 선물을 풀지 못했기에

풀어도 풀어도
또 풀어야 하는 선물
나의 마음속엔
영원히 풀어야 할
감사의 매듭이 있다

길

새는 알에서 꾸었던 꿈으로
실타레를 촘촘히 감는다
알을 깨고 나와 숲을 향한다

새는 감았던 실을 물고 날아간다
뒤로 뒤로 실을 남기고
실따라 꿈이 좇는다

운명의 빛

빛은 어둠 속에서
더 밝게 비추입니다

나는 어둠 속을 걷고 있습니다
가야만 하는 길
아무도 모르는 길입니다

나는 빛을 따라 걸어 갑니다
어둠 속에서 나의 길을 밝혀 주는 빛
그 빛에 나의 발걸음을 맡깁니다

나는 나의 운명을 믿습니다
나의 길을 인도하는 빛이
나의 운명의 빛이기 때문입니다

나는 어둠 속에서도
아무도 모르는 길을
온전히 걸어 가고 있습니다
운명의 빛을 따라 갑니다

너의 의미

너는
나의 세상에서 가장
커다란 하늘 커다란 대지
낮과 밤
바다와 육지
우리 곁에 있는 모든 것을 준다 해도
네가 있는 의미보다 못하지
바꿀 수 있는 단 한 가지도 없지

마음 속 깊은 울림
눈을 떠도 감아도 보이는 너
나보다도 더 소중하단다

감사에 감사의 기도란다
사랑해
너는 나의 축복 나의 사랑
내가 숨 쉬어야만 하는 이유

아침 산책길

아침 산책길 아무도 없네
가장 먼저 일어나
하루를 준비하는 하늘과
기지개 펴 어둠을 떨치고 있는 땅과
가지만 남은 나무와 맑은 공기
그리고 나

생각이 아직 깨어나지 않아
하루를 열 준비를 못한 채
천천히 걷는다
이 아침을
하늘 향해 팔 벌린 나무처럼 걷는다

또 다른 나

파랑새가 알을 깨고 나와
신을 향해 날아간다
오네이로이, 꿈의 신
내 안에는 파랑새가 살고 있다
나는 꿈에서 깨어
꿈으로 날아간다

잠들지 않는 영혼

바람이 창 밖에서
포비아의 저주로 잠든
내 영혼을 바라 보고 있습니다
바람이 떠나지 못하고
창문을 두드립니다

바람의 눈이 되면
바람이 부는 영혼을 나도 볼 수 있습니다
이제 포비아의 저주를 바람이 풀고
잠들었던 영혼은
바람이 전하는 말을 듣습니다

깨어나는 영혼에
걷히는 안개의 뒷모습을 봅니다
나는 깨어난 영혼
바람이 전하는 메시지로
영원을 살려 합니다

마음과 행복

마음은 늘 행복을 꿈꾸어
행복할 준비를 하고 있었습니다
흐린 날에는 구름을 만지려 했습니다
바람 부는 날에는
바람을 잡으려 했습니다
맑은 날에는
하늘빛에 물들고 싶었습니다
달빛 고운 날에는
달빛을 닮고 싶었습니다
행복은 멀리서 나를 바라보고만 있었습니다

나의 마음은 자꾸만
낮은 곳으로 내려갔습니다
그곳에서 행복은 쪽배에 앉아
별빛을 싣고 있었습니다
내 마음 깊은 곳으로 들어오고 있었습니다
행복은 낮은 곳에서 기다리고 있었습니다

찰나의 흐름

마음이 날개를 달았나 봐요
아무 일도 없었는데
마음이 꽃잎보다 가벼이
구름 위를 날아요

마음이 미소를 머금었나 봐요
아무 일도 없었는데
마음이 이슬처럼 가벼이
별빛을 품어요

무거웠던 마음이 꽃가루가 되어
바람에 사라지고
감사하고 소중하고 아름다운
충만한 시간만이 내 마음속에서
미끄럼에 앉았어요

나는 두 눈을 감고 낮은 미소를
입가에 띄워
내 몸속에 잠시 머물렀다
사라지는 공기의 가벼움까지도 느껴요

살아 있기에 내 가벼움도
눈을 감아 느끼는
소중한 시간이 내 곁에 있어요

아무것도 변한 게 없는 일상에
햇살이 잔잔히 잔잔히
내 마음속에 흩어져
이곳저곳에 박혀 빛나고 있어요
찰나의 흐름일까요?

삶

겨울바람이 내 몸의
열기를 빼앗아가도 아직은
다시 데우는 열정이 남아
마음으로 흐른다

여름 바람이 내 몸의
냉기를 데리고가도 아직은
다시 식히는 냉정이 남아
생각으로 흐른다

반복되는 마음과 생각의 흐름 속에서
시간이 사라져 간다

헛되고 헛되도다
내가 나를 보듬을 수 있는
손길이 있다는 것과
무거운 머리를 지탱하게 할 수 있는
내 어깨가 있는 것만으로도
충분히 행복한 삶이라고
내가 나를 타이른다

미로

가끔 내게 문을 두드리는 동그라미 모양 파문이 있습니다

작은 파문도 내 가슴에 와 닿는 순간 커다란 소용돌이를 일으킵니다

빠져나오기 어려운 마음속 동그란 미로에 혼자 서 있어야 합니다

미로는 내 마음이 끝나는 곳까지 동그라미를 그립니다

동그란 미로를 따라 내 마음 깊은 곳에 닿았다 밖으로 걸어 나오면 그제야 모습 감추는 내 작은 파문입니다

오늘도 나는 미로가 끝나는 내 안 깊은 곳으로 걸어갔다 그곳에서 한참을 서성이다 밖으로 나왔습니다

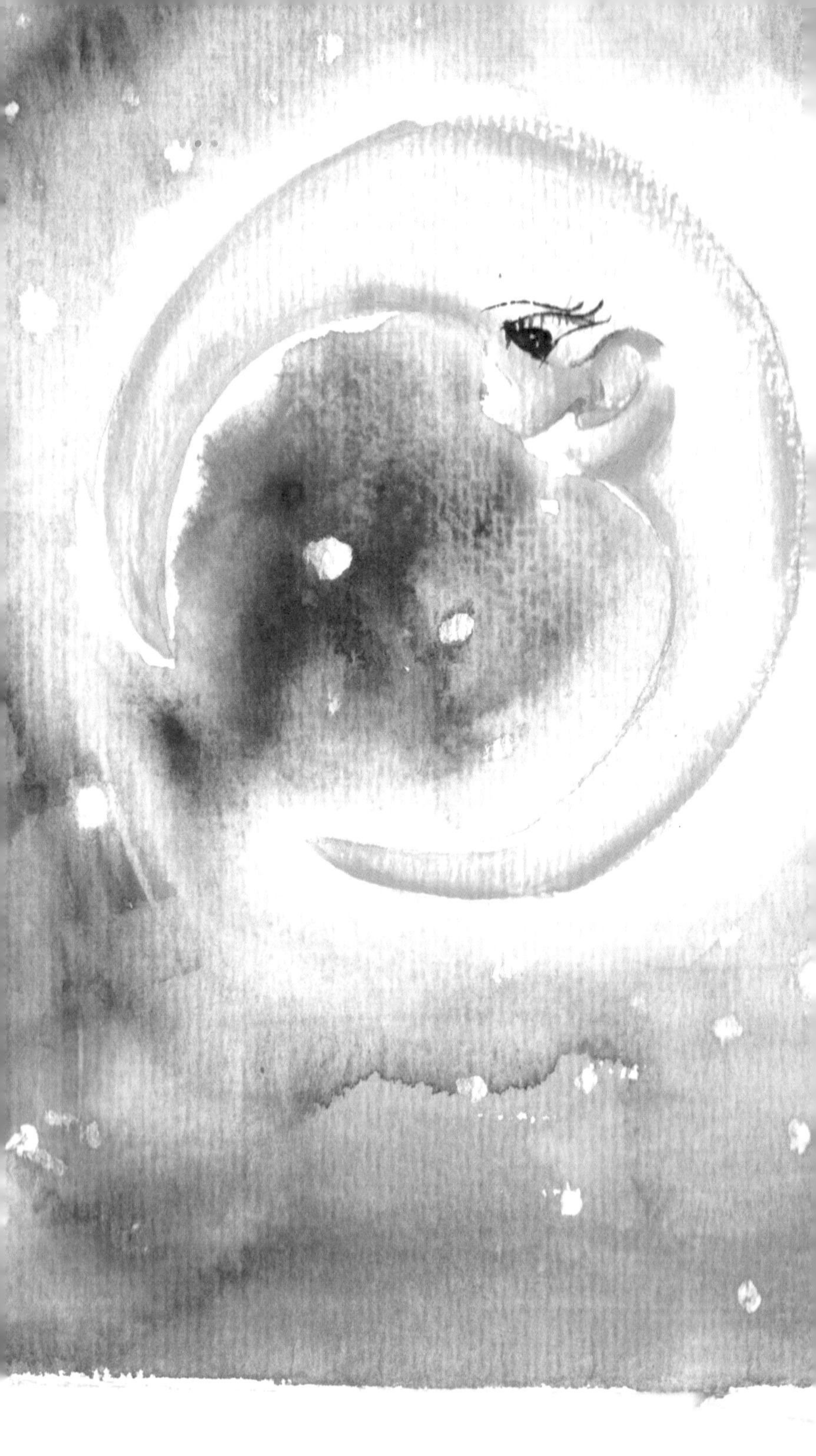

침묵

일어나고 싶지 않은 아침도 있다
알람의 소리에 눈 뜨면
표정없는 일상이 침묵을 던져 준다
소리 없이 침묵의 바람이
마음속으로 스며든다

미세한 떨림도 떨쳐내지 못하는
내 마음
보이지 않는 바람에도
몸살을 앓는다
자꾸만 작아진다

침묵이
벨벳 커튼의 굵은 주름에
무겁게 매달려 있다
나는 주름 속에 오늘의
얼굴을 묻는다

한 번의 날갯짓

참 힘들었어
나는 작고 여리고
세상은 크고 삶은 무겁고
아직도 끝나지 않은 길들이 내 앞에 있고
그 길 위에 내가 서 있는 것도 현실이니

오늘 문득 어느 시인의 시를 읽다가 생각했어
저 무수한 별빛만큼 셀 수도 없이 꿈꾸어온 날들
매일 두 눈을 감아 느끼려던 자유
불어오는 바람에 실어 보내던 그리움까지도
이 모두가 한 번의 날갯짓이란 것을 생각했어

어쩌면 나는 한 번의 날갯짓을 준비하고 있었어
단 한 번의 날갯짓으로 멀리 갈 수 있는 날개를 키우기 위해
나는 큰 마음 가지는 법을 배우고 있었어

크게 호흡하고 바람 좋은 날
나는 단 한 번의 날개 짓으로
내 부패한 상념들을 멀리 날려 보내고
나는 높이 멀리 날거야
큰 날개를 달거야

한마리 새처럼

함께

나이를 함께 먹어가는 것을
마주 대할 수 있는 것으로
행복한 사람들이 있습니다

그의 걸어온 길을 알고
그가 어디로 갈지 알지만
그가 걸어가는 길을 보는 것에
미소를 보여 줄 수 있는
유쾌한 사람들이 있습니다

가끔 만나도 늘 함께 하는 것처럼
내 가까이에서 그의 숨소리가 들리는
친근한 사람들이 있습니다

어려운 일이던 즐거운 일이던
내게 달려와
언제나 미소를 보여주는
아름다운 사람들이 있습니다

함께 하기에 늘 좋은 사람들이
마주 보며 동그란 미소를 줍니다

그의 미소에

슬픈 눈물도 천사가 됩니다

마음

마음이 인연입니다
내 마음이 그대에게 닿질 않습니다 그래서 그는 떠납니다

마음이 길입니다
내 마음이 또 다른 길을 걸었습니다 그래서 길은 멀어집니다

마음이 바뀝니다
내 마음이 변화를 꿈꿉니다
그래서 운명이 됩니다

마음이 햇살입니다
내 마음이 햇살에 눈이 부십니다
그래서 햇살이 됩니다

바퀴 달린 수레

언어
햇살에 반짝인다
섬세하고 부드러운 존재로
마음속 감정을 관통해
봄으로도 가을로도 데려와
나비의 날개를 달아주어
바람에게 희망을 빌려와
나에게 건네준다

글
사라질 기억을 그릴 수도
붙잡아 놓을 수도 있는
나를 도와주는 힘이다
세심한 붓질과 정교한 색채로
무엇이든 돋보이게 하고
마음속 이야기로 보물지도를
그려 가슴속에 꼭꼭 넣어 두었다가
언젠가 꺼내 읽을 수 있다

나는 매일 바퀴 달린 수레에 몸을 실어
마음속을 저절로 굴러간다

눈물

우리 눈물은 감사해서야 그지
우리 웃음은 행복해서야 그지

행복한 나를 느끼는 것
감사한 나를 느끼는 것

우리 눈물은 그래서야 그지

불꽃 축제

여느 때 같았으면 잿빛 하늘에 별들이 총총걸음으로
불을 켰을 밤이었을텐데

오늘 별들이 내 준 하늘에
불꽃의 화려한 가을밤을 보러 사람들이 모여들고 있었다

물결처럼 어디로 향하는 인파를 따라 나도 걸었다

많은 사람들에 익숙해져 있는
도시의 사람들 중
연인들의 모습에
나의 눈길은 머물러 있었다

깊은 산장에 온 옷차림으로
무릎 담요를 나란히 덮고 있는 연인
모자를 눌러 쓰고 산사용 의자에 앉아
조용히 책을 읽는 연인
텐트 속에서 통기타를 치며 가을을 노래하는 연인
사람들 사이를 걸으면서 1초에도 수십 번 눈길을 마주
치는 연인

무엇이 우리 가슴을 설레이게 하는가
무엇에 우리는 이토록 이끌리는가

짧은 순간의 영광을 위해
제 몸을 폭탄처럼 터뜨려
가장 화려한 빛으로 산화하는 불꽃
연인들의 마음에도 나의 마음에도
감동을 남기고 사라져 간다

나는 불꽃에서
희생적 아름다움을 보았다
희생적 아름다움이
우리를 설레이게 한다
우리의 영혼에 불을 지핀다

언제부터인가

1

새벽녘이 늦가을 아침에
눈을 살짝 얹어 놓고 갔습니다
남아 있는 가을의 끝자락
붉은 단풍과 눈
가을과 겨울이 공존한 아침은
아직 떠나지 않은
마음속 무거운 현실과
내 마음속 하얀 새 희망을 보는 듯합니다

2

언제부터인가 남은 계절은
내 마음속 남아 있는
미련없는 지난날을 보내듯 아쉬움 없이
보내고 싶어집니다

언제부터인가 나는
아무도 눈길 주지 않는
늘 그 자리에 홀로 앉아 있는
유리 장식장 인형이 되어 갑니다
한없는 서러움입니다

3

언제부터인가 서로의 소중함을
잊어 가는 아침
의미도 없이 열리는 하늘입니다
그 누군가에게
매일 사랑한다고 말하고 싶은 아침이
나에겐 계절처럼 가고 있습니다
그 누군가가
아침과 함께 내 곁에서
멀어져 가고 있습니다

4

언제부터인가 매일 혼자
맞이하는 아침이 되어가고
그 아침에 익숙해져 가고
있습니다
누군가가 옆에 있어도 그는 내 마음에
존재하지 않는 사람이 되어갑니다
사랑 가능한 아침이 눈물겹도록 그리워지는
마음은 차가운 계절
발가벗은 나무가 된 것처럼

발가벗은 내 마음에도 바람이 느껴집니다

5

누군가의 낮은 속삭임이
오늘 살짝 내린 눈처럼
살며시 묻어 나는 날이 나에게도
있을까 합니다
차가움마저 사랑스러운 아침
낙엽에 눈이 살포시
묻었습니다

유토피아

누구나 가슴에 울창한 숲을 지니고 있다
마음속 숲에서 품어져 나오는
맑은 공기가 없다면 살아갈 수 조차 없을지 모른다
나의 숲에도 초록 바람이 불고
맑은 공기가 산다
탯줄처럼 연결된 나의 숲 속에서
멀어지는 시간 나는 호흡의 통증을
느껴도 그곳에서 멀어져가고 있다
그곳은 가만히 두면 바람의 파도만이
춤을 춘다
춤을 타는 것은 바람만이 아니다
만남도 이별도 없는 거리만이 좁혔다
멀어질 뿐이다
나도 그 춤에 오르면 존재를 벗어날 수
있으련만 숲 속에서 멀어지는 시간
나는 언제나 그곳으로 돌아가는
길에 마음을 다 줄까
숲속 바람의 향기가 나를 손짓해도
나는 존재의 나락으로 떨어져
웅크린 날개 곤한 깊은 잠에 빠져든다
바람이 깨울 때까지

깊이 잠들면 꿈속에서 날아오를
내 존재의 꿈이여
나 돌아가리 나의 숲으로

순풍

마음에 바다가 들어온 날
내 마음 순한 바람에
돛은 배가 부른 호사로
여유로운 항해에 오른다

순한 바람은 오랜 비바람을
가라 앉힌다
배도 갈매기도 파도도 순한 바람에
몸을 실으면
연푸른 바다는 흘러가는 길이 된다

순풍은 삶의 순리를 받아들인
자연에 부는 바람
사랑에 머무르는 느린 마음에
부는 바람이다

무지개

절망의 어두운 밤을 지나면
하늘의 해는 저 아침에서
땅을 지나 내 가슴에도 뜬다
무지개 되어
절망의 하루를 지나면
은빛 달은 저 밤길에서
어둠을 건너 내 가슴에도 뜬다
무지개로 남아
절망의 벽으로 떨어지다
가뿐히 날아오른 곳
바람이 살고 있었다
무지개빛으로
별을 지나 구름을 건너면
그곳에 갈 수 있을 것이다
무지개가 살고 있는 곳

길이 시작되는 곳

길을 잃을 때가 있지요
하지만 내가 가야 할 길이 있지요

햇살이 비추이는 곳 나 그곳에
서 있을게요
좋은 바람이 머무는 곳 나 그곳에
머무를게요

구름이 닿아 하늘 낮은 곳
나 그곳에 닿아요

길을 잃었었죠
두 눈을 잃고 다리를 잃고
손도 사라졌죠

영혼은 땅에 떨어져
긴 겨울을 앓았죠

하얀 눈은 의미도 없이 내리고
바람은 나에게 잔인도 했죠

하지만 길은 나를 찾아 주었죠
내가 서 있는 곳
그곳이 길이 시작되는
곳이라는 걸 알았죠

곡선

가파른 보드라움
한없이 내려갔다 날아 오를 수 있는
유연한 날개를 가진다
정해 놓지 않은 순간의 순발성으로
존재가 파계시킨
원초적 피라미드를 용서하고
죄와 벌의 기회를 얻기에 충분한
포용의 길고 낮은 연속을 준다
만남과 이별의 윤회의
연속된 꿈의 물결
감정의 파도를 그리다
하늘에 올랐다 땅으로
사뿐히 떨어져도 무리없는
이로운 스릴이리라
미끄러져도 땅으로 추락하지 않은
곡선의 비상이
마음으로의 설레임을 타고
끝없는 그리움을 품는다

무제

진실이 없는 사람에게 진실을 주고
사랑이 없는 사람에게 사랑을 주고
나는 벌을 받았다
내 운명의 빛은 그 벌에 잠깐
나로부터 멀어져 있어야만 한다
운명의 빛이 사라진 우주를
떠돌아야 하는 나는 형벌을 걸고
운명을 걸어
빛을 찾아야만 한다

만족

여기가 좋다
시간이 편안한 호흡을 한다
멀게만 느껴졌던 수평선 위를
내가 걷고 있었다
순간을 만나다

골목길

삶은 내가 마냥 행복할 수만 있도록
놓아두지 않습니다
내가 행복할 때
어디선가 슬픔을 데려와 줍니다

삶은 내가 마냥 슬퍼할 수만 있도록
놓아두지 않습니다
내가 슬픔에 빠져 헤어나오지
못할 때
어디선가 행복을 데려와 줍니다

나는 이제 나즈막히 지나는
삶의 순간들이 소중하다는 것을
알게 됩니다

슬픔도 행복도 모두 지나는
골목길에서

Ⅱ부

설레임

설레임

누구를 만난 것처럼
내가 나에게 설레어 본 적이 있니

나는 지금 사랑하는 그대를
만난 것처럼
그리운 그대를 만난 것처럼
설레인단다

이런 내 모습을 내가 오랫동안
만나고 싶어 그토록
아픈 날들을 보냈는지도 모른단다

나는 지금 설레이는 나를 만나러
달려 가고 있는 중이란다
나의 표정은 아무 일도 없는 강물처럼
흐르지만
지금 내 가슴은 / 소리도 내지 못하고 마구
두근거린단다

바람아 너 때문이야
어쩌면 그렇게 부드럽게 / 속삭이니

오늘 나의 색

넌 어땠는지
철없던 시절 무슨 색으로
남았는지
무엇 하나 부드럽지 않은 것 없었던
내 느낌 파스텔 색조
너

오늘 너를 만나기 전
하늘빛 내린 설레임
연분홍 빛 마음
너의 가슴을 열면
너의 건너온 세월
쏟아질 것같이 영근 초록빛

너를 만나기 전
어느 것 하나 아름답지 않은 것이 없었던
내 모습 무지개빛
너

누구보다도
사랑스러웠던 색 기억하니

기억을 뒤돌아 보면
네가 서 있는데
기억을 뒤돌아 보면
내가 서 있는데

넌 어땠는지
아직도 세월이 무슨 색으로
남아 있니

바람 소리

바람이 불면
음악 소리가 들립니다

바람은 소라 속 바닷가의
파도소리를 가지고 있습니다

바람은 낙엽이 땅을 스치는
소리를 가지고 있습니다

바람은 겨울 나뭇가지를 비추는
햇살의 소리로 불어옵니다

바람은 내 얼굴에 햇살을 불러
바람의 노래를 들려줍니다

볏단

별빛에 영글었던 나의 꿈들이
볏단 되어 넉넉히 쌓여 갑니다
볏단 위에 누워 눈을 감으면
추억은 따스한 둥지가 되어
품어도 깨어나지 않는
시간이 되어요

빛줄기에 젖어 울던 시절
사다리를 타고 별빛에
나의 꿈을 나르던 시간들도
있었지요
그 시간들마저도
아름다운 추억의 둥지가 됩니다

흐르고 흘러도 다시 흐르는 추억들
볏단 위 추억의 둥지에
별빛이 내려와 잠이 듭니다

국화꽃의 미소

하늘을 향한 줄기의 기다림으로
담장 옆에서 꽃봉오리들이
노랗게 터지고 있습니다
꽃들은 꽃잎의 초록 빛
그리움이었나 봅니다
미소를 주고 싶은 마음이
꽃잎에 스밉니다

바람이 넌즈시 다가와
국화꽃 미소 위에 머물다
담장 너머로 떠나갑니다
빗방울을 살짝 뿌리고 갑니다
햇살이 지나갑니다
빗방울에 부딪쳐
천 가지 색으로 반짝입니다

국화꽃이 담장 옆에서
수줍은 미소를 짓고 있습니다

내 안의 선물

나는 햇살을 보고 생각합니다
저 찬란한 빛을 가지기 위해 햇살은
얼마나 많은 희망을 삼켰을까를
햇살의 선물 그 희망

나는 별을 보고 생각합니다
저 영롱한 빛을 가지기 위해 별은
그토록 많은 밤 얼마나 많은 꿈을
꾸었을까를
별의 선물 그 꿈

나는 달을 보고 생각합니다
저 평온한 빛을 가지기 위해
달은 얼마나 많은 애절한 기도를 모았을까를
달의 선물 그 기도

나는 알고 있었습니다
나에게 빛이 있었다는 것을
그리고 잠시 잊고 있었다는
그 사실을

달빛의 기도와 햇살의 희망과
별의 꿈을
나는 기억하고 있었습니다

나는 나에게도 선물이 있었다는
것을 기억하고
그 기억에 오래토록 머물고 싶습니다

메아리 소리

잡으려 손을 내밀어도
내 온기뿐
기대려 머리를 떨구어도
둘 곳 없는 외로움뿐
발버둥치고 몸서리쳐도
메아리 되어 돌아오는
내 목소리뿐

부르고 불러도
내 목소리만 들린다
비추고 비추어도
내 모습만 돌아온다

작게 소리쳐도
큰 목소리로 돌아와
작은 몸짓으로 울어도
긴 그림자 되어 돌아앉아

한 번 몸서리치고 또다시
보아야 하는 고통인가
한 번 소리 내고 또다시

들어야 하는 외로움인가
긴 여운 긴 떨림 사무치는
메아리 소리
가슴에서 돌아서 귓가에 번지는
메아리 소리

지혜의 정원

나는 보랏빛 제비꽃입니다

마음에 숲이 있다면
매일 매일 들리고 싶습니다
마음에 옹달샘이 있다면
매일 샘물을 떠 마시고 싶습니다
마음에 부드러운 바람이 있다면
데리고 오고 싶습니다

나는
숲의 평화로움과
옹달샘의 맑음과
바람의 부드러움의 지혜를 닮고 싶어
내 마음 깊은 곳에 닿으려 닿으려
발길을 향하고 손을 뻗습니다

나는
내 마음 깊은 곳에 지혜의 정원이
숨겨져 있음을 알고 있습니다
그곳에서
보랏빛 제비꽃이
자라고 있음을 알고 있습니다

크리스마스 예감

설레는 마음으로 눈 감으면
싼타 할아버지가
머리맡에 선물을 놓고 갔었던
어릴 적 크리스마스
너무나 오래동안 잊고 살았다

금년엔
가슴 떨리는 일 있을 것 같아
기다려지는 크리스마스
마음 설렌다

예감, 사랑스런 그대 모습 보여
사랑의 눈 하얗게 뿌릴 것 같아
송이마다 그리운
연인들의 겨울 이야기일 것 같아
예감, 썰매에 사랑의 눈 가득 싣고
내 가슴에 싼타가 들어와 줄 것 같아

눈 감으면 금방이라도

눈송이 소복히 쌓일 것 같다

금년 크리스마스엔 싼타의 사랑과 축복이

너에게도 나에게도 송이송이

나릴 것 같은 예감

떠나기 전

낙엽이 사라지면
가을은 떠난다
하얀 눈이 녹으면
겨울은 멀어진다
꽃잎이 강물에 떨어지면
봄날은 저만치 간다
싱그러운 풀 냄새 묻히면
여름날은 간다

텅 빈 가슴을 무언가로
채우고 싶었던 날들도
진실을 향해 몸부림쳤던
메아리들도

나를 에워싼 모든 것들이
떠날 때에는
떠날 준비를 해야 한다
내가 슬프지 않게

머물렀던 시간에
미련을 두지 않을 것을

마음으로 준비하고
두려움 없이 보내고 보내고
모두 날려 보내야 한다
바람까지도 서럽지 않게
바람도 느껴지지 않으면
세상에는 내가 사라진다
슬픔이 상처에 닿아도
아프지 않으면
세상에는 내가 없다

10월의 향기를 남기고

잎들은 떨어지고 듬성듬성
나뭇가지들이 앙상하다
땅 위에 뒹구는 낙엽들은
모여모여 마지막까지
바람에 영혼을 적신다
그 모습은 그 모습대로
아쉬움의 향기를 준다
마주했던 시간 사이로
향기가 스민다

우리의 마음을 이끌어 주던
가을이 이젠 떠나려 한다
저만치 멀리서 다가오는
가을의 뒤돌아선 모습
가을은 마음속에 10월의
이야기를 새겨 놓고
뒤돌아선다 뒤돌아선다

아직도

아직도 남아 더없이 빛나는 색채
붉은빛 새기고 가려는 듯
분주해 보이는 가을에 재빨리
멈추어 선다

아직도 가두어 두고 싶은 계절을
이제는 보내야 하는
꿈꾸었던 기억들

가을 문을 바람이 열어주면
아직도 가슴 속에 가두었던 계절이
소리 없이 나간다

내 마음은 아직도 보내기에
익숙하지 못해 서러워 붉은빛 낙엽에
눈물 떨군다

아직도 남은 기억 지우려
멈추어 선다

마음속 여행

오늘
보이는 나를 떠나
마음속의 나를 찾아 나섭니다

여행에서 나는 또 다른 나를 만납니다
생각으로 보고
생각으로 말하는 알 듯 말 듯한
나의 모습입니다

여행에서 돌아와
잔잔한 나를 거닐고
새로운 나를 발견하고
내 마음의 변신을 꿈꿉니다

내 마음은 언제나
길 떠나는 나그네
또 하나의 내가 동행합니다

이슬

이슬은 꽃잎에 앉고
슬픔은 마음에 맺힌다

꽃잎에 맺혔던 이슬이
무게를 견디다 이기지 못하고 떨어진다

내 슬픔도 이슬 되어
어둠으로 곤두박질친다

슬픔은 꽃잎에 매달렸던
시간을 기억하고
꽃잎에서 멀어진다

꽃잎은 이슬에 슬픔을 보내고
희망을 안으려 한다
슬픔이 꽃잎을 떠난다

이슬은 햇살이 말려 주고
내 슬픔도 따스한 햇볕에
오랜만에 단잠을 잔다

허무

허무
주어진 시간을 쉬이 흘려보냈을 때
공백이
가슴 속을 휘젓는다
사랑할 시간 사랑을 주지 못했을 때
회오리바람이
마음속을 어지럽힌다

시간과 공간이 하얗게
나를 삼킨다
몸부림으로도 풀리지 않는 마음은
답이 없는 허전함의 댓가

그래도
허무가 있기에
차가워진 공기를
따뜻한 몸으로 품어내는
입김으로 녹이고
허무의 계절이 있기에
얼어붙은 땅속에 꽃씨를 심는다

허무는
희망을 품은 긴 계절의 잠이다
봄이 되어 꽃으로 피어날
희망의 씨앗이다

바람과 낙엽의 이야기

밤새 바람은 낙엽을 만난 이야기의 흔적을
바닥에 그린다
가로등 아래
낙엽을 모았다 흐트렀다 가슴앓이를 한다
낙엽은 보내기 싫은 바람의
마음에 밤새 몸을 떨었다

바람에 앉아 그리움 되고
비에 젖어 슬픔 되고
햇살에 바스락거렸던
모습을 남기고 멀어져가는
낙엽의 이야기를 바람이 보낸다

바람은 낙엽의 모습을
싣고 떠나고
낙엽은 바람의 가슴앓이를
기억 속에 묻는다

밤새 바람과 낙엽의 이야기를 비치던
가로등이 미열을 품는다

마주하기

내가 너보다 더 많이 너를 바라보고
네가 나를 나보다 더 오래도록
바라본다

시간이 나를 바라보고
내가 시간을 바라보면 순간도
아름다운 추억이 된다

내가 바라보고
네가 바라보고 있는 모습은
아름다운 시간으로의 여행이 된다

마주하는 날들을 꿈꾸면
아름다운 시간과 언어의 파편들이
보석이 되어 가슴에서 빛을 가진다

내가 너보다 더 오랜 시간 너를
바라보고
네가 나보다 더 많은 날들 나를
바라본다

편지

봄이면 아련한 꽃 편지
여름이면 싱그러운 풀꽃 편지
가을이면 마른 나뭇잎 편지
겨울이면 따스한 크리스마스
편지를 전해 주는 친구의
마음이 철따라
옷을 갈아 입고 나에게 전해지지

저 멀리서 날아온
가을 편지가 곤한 낙엽의 모습으로
우편함에서 잠을 자고 있었지

추억으로 써 내려간
그리움 가득 담긴 가을편지를
마음으로 읽고 또 읽었더니
옛 추억은 가슴 속 보석이 되었지

꽃탈

오늘은 한글날인데
아침부터 온종일 울었어
눈물이 쏟아져 미치는 줄 알았지
내일 일어나면
얼굴이 울보 탈이
되어 있을까 봐 걱정이야

마지막 울음이었으면 좋겠어

언제 그랬는지
기억도 안 나는데
너무 심하게 많이 웃은 날에도
얼굴이 꽃탈이 될까 봐
걱정했었거든
얼마를 웃었는지
내 입가의 주름들은
웃음으로 생긴 주름이지

언제 그렇게 웃었는지
기억이 나질 않아
웃다가 웃다가

꽃탈이 되어도 좋을 만큼
웃고 또 웃는 날을
꽃들처럼
희망을 가슴에 품어 본다

가을 인사

별들이 움직여 어디론가 가고 있었지
별들 중 가장 밝은 나의 별에게 물었지
별들은 가을 하늘로 가고 있었지
나의 별에도 가을이 오고
곡식이 익으면 나는 지푸라기 허수아비가 됩니다
참새가 먹을 수 있게 논자락 볏알을 남기고
흉년 배고픔에도 베개에 넣어 머리맡 단꿈으로
배고픔 잊던 농부의 마음을 닮아가죠
배곯은 시간에도 들짐승에게 내 주던 인심도
사람 좋아하던 그 웃음도
짐승으로 태어날 것을 사람으로 태어난 역설의 고뇌도
이젠 당신과 함께 잠들어 있지만
내가 당신 사랑의 열매가 되려 한다면
다른 세상 그곳에서 웃어 주실 건가요
당신 사랑은 사라지지 않고 내 가슴에서
당신 아이들 가슴을 낳아요
사랑은 눈덩이처럼 불어나 부푼 설레임 되어 하늘을
날아요

내 마음 구름에 두둥실 떠가도
가을은 당신처럼 오고 나는 가을을 사랑하는
허수아비가 되어 들판 바람 내음에 눈을 감습니다
나도 당신이 바라보던 그 들판에 서
당신처럼 참새를 쫓지 않는 가을 허수아비가 되었습니다

내가 좋은 날

하루종일 머리부터 발끝까지
내가 좋은 날이 있습니다
발걸음도 가벼워 저 햇살도
내 것인 양 좋은 기분을 부르면
내가 좋아 금방이라도 달려와
좋은 친구가 되어 주는
내가 좋은 날입니다
내가 좋은 날 그런 날은
무엇이든 할 수 있을 것 같고
하늘의 별도 달도
내가 좋아 내 곁으로 와줍니다
누군가 툭 건드리면
꽃가루를 흩날리며 내가 무게 없이
날아다닐 것 같은
내가 요정처럼 천사처럼
마음이 가벼워지는 날
내가 좋은 날입니다
그 어떤 겸손보다 내가 좋아
내 모습에 만족스러운 날
내가 대견한 날
내가 좋은 날입니다

시간을 붙잡아 곁에 두고 싶도록
내가 좋아지는
그런 날이 많았으면 좋겠습니다

가을 허수아비

곡식이 익어 가도록
허수아비는 팔을 벌립니다

참새가 앉아도
바보 웃음을 줍니다

참새는 허수아비를 좋아하고
가을도 허수아비 어깨에 앉습니다

곡식은 스스로 고개를 숙이고
바람이 코스모스 줄기를 헝클어 놓습니다

내 마음은 자전거로
가을을 한 바퀴 돌았습니다

자전거는 가을을 산책하며
바보 허수아비를 기억합니다

소년

나보다 나를 아름다운 이야기로
만드는 소년이여
개울가에 젖을까 징검다리
놓아주는 이마의 땀방울
바람은 손수건처럼 나풀거려도
소년은 개울 건너 맑은 숲 속 바람만 허락한다
소년은 맑은 숲에만 사는 바람이 되었고
나는 그 맑은 숲에서만 그 바람을 볼 수 있었다
숲 속까지 놓인 징검다리는 물결에
속 비추이고 바람이 흔들어도
물고기 떼들과 대낮 푸른
나뭇잎의 자장가로
초록잠에 스민다
숲 속이 옷을 갈아 입는 계절이
여러 해가 다 지나도
소년은 늙지 않고
보드라운 주름살 바람결만
나뭇잎 사이 파아란
길을 덮는다

너의 노래 나의 그림

누군가가 있어도 공허한
가슴의 노래는
너와 네가 다른 들판에서
서로 다른 바람의 향기를 마시고
저 머나먼 서로 다른 바다의 풍경을
보고 있기 때문이지

너와 나의 모습
우리의 모습이 서로 다른 것은
우리가 서로 다른 이름 모를 한 송이
꽃으로 피어 있기 때문이지

나비가 나의 꽃잎에 앉아
너의 이야기를 전해주고

바람이 너의 꽃잎에 앉아
나의 이야기를 전해주지

햇살이 저편에서 너의 노래를
비추어 주고
구름은 네가 볼 수 없는 나의 그림을
그리고 있지

우리는 잠시 하나가 되어
한송이 꽃으로 만나 피었다
시들 때를 알고 한 잎 두 잎
떨어지는 꽃잎의 그림이지

사랑의 조건

그 자리 그 체취
그리운 내 느낌
그리고 존재를 만난
내 사랑의 향기

그 음악 그 풍경 소리
스치는 내 마음
그리고 바람을 만난
내 사랑의 소리

그 공간 그 눈빛
그 시간 내 감성
그리고 그대를 만난
내 사랑의 조건

미완성

운명의 바람에 너무도 작은
사막의 모래 알갱이
어디론가 흐르는 그 강
모래 물결
바람이 시간을 날으는 그 하늘
모래 먼지
빛이 오고 어둠이 가도록 그 땅
모래 그림자
바람만이 생명의 노래를 높인다
지친 사막으로

고백

내가 조금이라도 거짓된 마음을 아무런 무게도 없이
내 가슴에 품고 있다면
되도록 빨리 내려놓는 사뿐한 고백을 하겠습니다

내가 조금이라도 하늘을 우러러 부끄러운 마음을 아무
렇지도 않게 지니고 있다면
서둘러 지우는 깨끗한 고백을 늘어놓겠습니다

내가 노력하지 않고
열정을 쏟아 붓지도 않고
대가를 기대하는 어리석음을 부끄럽게 여기고
마음의 빛을 등불처럼 가지는 밝은 고백을 읊겠습니다

싱그러운 지난 젊음보다도
수 억의 세월을 주고 바꾸어 왔던
거액의 시간을 주고 사들였던
나의 주름을 당당히 여기는
마음의 눈을 열어 환한 고백을 하겠습니다

나의 정원에 별이 바람에 스치우고 달이 갈대에 일어도
마음을 우러러 내 마음 비추어도 부끄러움 없는 내가 되려는
하루하루 자연의 심장을 닮아가는 맑은 고백을 되뇌는
내가 되겠습니다

낭만

세상은 생각보다
훨씬 낭만적이지가 않아
세상을 조금만 기울여 놓고 싶어
와인잔처럼 말이야

항로

항로를 붓으로 그릴 수 있다면
좋겠다
붓길을 따라
항로를 시어로 그릴 수 있다면
좋겠다
시어를 낚아

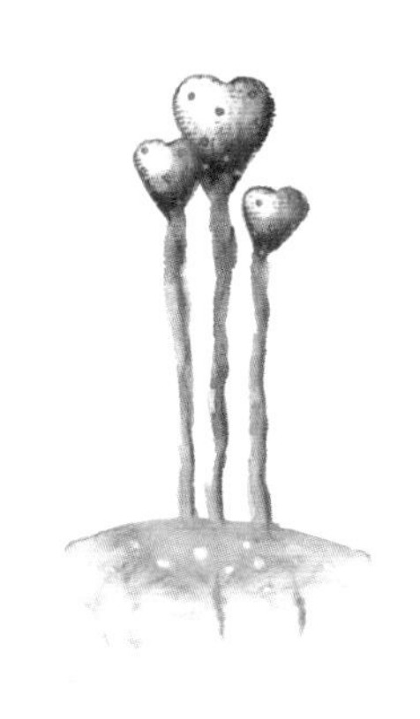

Ⅲ부

그리움

사랑한다고 말하고 싶은데

사랑한다고 말하고 싶은데
사랑하는 이 없는 마음의
하얀 밑바닥에 내가
앉았습니다

사랑한다고 말하고 싶은데
가슴속에는
파랑새의 날갯짓으로 깃털만
꿈처럼 쌓인
내 마음의 바닥뿐입니다

사랑한다고 말하고 싶은데
내 사랑을 읽어줄 그대 모습
보이지 않아
말을 잃은 시가 낙엽처럼 쌓인
내 마음의 바닥뿐입니다

사랑한다고 말을 해도
날개 없는 언어가
가슴속 밑바닥으로 떨어져
눈처럼 하얗게 쌓여만 갑니다

사랑한다는 말을

잃은 언어가 송이 송이 내려

내 가슴속 밑바닥에

하얀 눈사람이 되어 서 있었습니다

기다림

늘 누군가를 기다리는 마음에
부드러운 바람이 불어옵니다

바람은 나의 향기로
나에게 다가옵니다
나는 바람에 내 기다림을
내어줍니다
바람이 좋아서

나는 바람의 소리로
바람에게 다가갑니다
내가 바람을 느끼면
바람은 내 안으로 들어와
속삭입니다
내가 좋아서

내가 눈을 감으면

내가 눈을 감으면
그는 바다가 되어
나를 푸르게 합니다

내가 눈을 감으면
그는 해가 되어
나를 밝게 합니다

내가 눈을 감으면
그는 숲 속이 되어
내 마음의 휴식을 줍니다

내가 눈을 감았을때
그의 모습이 선명히 보입니다

밤의 여신

내 영혼 깊은 곳에
보랏빛 제비꽃이 피어 있다

밤이 오면 빛을 잃은
그리움이 고개를 든다
어둠이 오면 보랏빛 그리움에
지친 꽃잎을 접어 잠든다

제비꽃 삼킨 어둠의 보랏빛이
그리움을 몰고 오면
어떻게 미소 짓는지 잃어버린
밤의 여신이
돌아서 나에게로 오는 길에는
웃음을 잃지 않는다

유리벽 시간 속으로

시간 속으로 가면
한없이 여린 나의 모습이 있다

유리 같은 나의 시절이
깨어질 듯 금이라도 갈 듯
아련히 비추인다

유리벽 너머로 보이는 그리운 얼굴들의
아름다운 표정이 비추이면
나는 유리벽 속 시간을 손바닥을 펴 디딘다
만지고 싶어 잡고 싶어

유리벽이 된 가슴으로
한없는 빗줄기가 타고 흐른다
물방울은 맺힐 듯 떨어질 듯
가슴에 달려 빛을 머금는다

빛의 상념을 한아름 안고
너에게로 달려가면
내 마음 맑고 투명한 유리벽에
맺힌다

담장 옆에 국화꽃

담장 옆에 키 작은 국화꽃이
소담히 피었습니다

지나가던 구름이 작은 빗방울을
국화꽃잎에 떨구고 갑니다
국화꽃 싱그러운 향기 그을린
키 작은 그림자에도
빗방울이 살짝 스며듭니다

햇살이 햇살이
담장 옆을 지나다
맑은 구슬 빗방울을 삼켜 줍니다

담장 옆 노오란 국화꽃에
황금빛 햇살이 비추어
마알간 얼굴로 미소를 띄웁니다

햇살에 비추인 미소를 가슴으로 머금은
담꽃 풍경 이야기에
바람도 같이 합니다

아름다운 날들이
지나온 바람결에 추억을 남기어
담꽃 되어 피었나 봅니다

시간의 흔적들이
그리운 가슴에 그리움 쌓여
담소 되어 피었나 봅니다

외로운 날

시도 없고 붓도 없고
창밖으로 바람조차 없는 날은
내가 외로운 날입니다

창밖으로 달빛도 별빛도 없어
정적만이 밤 파도가 되어
마음을 흔드는 날은
내가 외로운 날입니다

시도 붓도 음악도 있고
별빛도 달빛도 창가에 머무는데
내가 외로운 날은
그대가 없는 날입니다

내 마음

내 마음은 구름인데
보여줄 수 있는 건 작습니다
내 마음은 사랑인데
보여지는 것은 작습니다

나는 가장 아름다운 노래를 하고 싶은데
목소리가 작습니다
나는 가장 아름다운 이야기를 하고 싶은데
내 마음은 그리움뿐입니다

보이지 않는 너

보이는 세상이 낮처럼
살아 움직이는 것들의 세상이라면
내면의 세상은 밤처럼
멈추어 있는 것들의 세상이다

보이지 않는 세계가 마음의 문을
통해 꿈꾸는 동안
나는 나의 세계에서 하나의 빛을 보았다
그 빛은 내가 원하는 곳으로
나를 데려다 주고
내가 원하는 나의 운명이 될 것을
나는 믿는다

이제는 내가 원하지 않는 일은
일어나지 않을 것이고
운명은 나뭇가지에 찢긴
애벌레에게 날개를 달아주려
태어난 수호천사라는 것을 믿는다

보이지 않는 세계에서
너는 나를 만나고

내가 너를 만나는 것은
내가 너를 원하고 네가 나를
원하는 운명이기 때문이다

보이지 않아 꿈꾸다
현실에 보일 너의 모습을 생각하면
나도 모르게 낮은 웃음이
흘러나온다

오늘 밤 나는 나비가 되어
이젠 보이지 않는 너에게로
가고 싶다
그리고 이젠 그만 숲 속을
헤메이고 나도 너의 품에서
쉬고 싶다
꽃에 앉은 평화로운 호랑나비가
되어 너의 곁을 훨훨 날고 싶다
보이지 않는 너를 그리다 잠들면
꿈속에 찾아와 줄 너의 얼굴을
이제는 손끝으로 만질 수 있을까

고독

쓸쓸함과 고독이 밀려온다
여인은 옷을 벗어
캔버스마저 덮어 버린다
발가벗은 여인의 닫혀진 미소

진실은 독백이 되어 가슴속을
겨울바람처럼 누비고
여인은 미소를 잃었다

언제부터인가 가슴은 그녀의 영혼 없는 표정을 닮아가고
오로지 자연을 달빛처럼 타고 나오려는 마음속 자유는
몸부림치다 꿈틀거리며 기어 나오다
고독한 캔버스에 갇힌다

사랑스러운 오해

가끔씩 어긋난 오해로
마음이 많이 슬플 때가 있다

그날 이후 멀어질 줄 알았던 마음은
더욱 가까워져 마음속이 보여
미소가 머무를 수 있다면
때로는 오해도 사랑스럽기만 하다

그날 이후 오해가 에피소드가 되고
먼 훗날 지금을 이야기하며
마주 보고 함박웃음 커다랗게
웃을 수 있다면
때로는 오해도 아름답기만 하다

오해도 눈빛도
내 마음도 아름다운 날들이다

말 한 마디

꼭 마음 말해야 했나요
그 말 한 마디에 나는 길을 잃었어요

그 말 한 마디에 맞고 싶지 않은
슬픈 비가 온종일 멈추질 않아요

마음 2

보여주지 못하는 마음은
안타까움입니다
감추려 해도 보이는
마음입니다
보이려 해도 보이지 않는
마음입니다

미끄럼에 앉으면 내려올 줄 모르는
마음입니다
그네에 오르면 하늘이 잡힐 것만 같은
마음입니다

내 마음이 꼼짝없이 잡히는
날도 있습니다
내 마음이 아파 나도 어쩔 수 없는
날들이 많습니다

내 마음속을 나르면 그대 마음
보일 것 같은데
좀처럼 잡히지 않은 마음과 나는
살고 있습니다

내 마음의 상상으로 바람은
수레가 되어 줍니다
그런 내 마음은 늘 가장 좋은
내 친구입니다

나는 오늘도 내 마음을 가꾸는
정원사가 됩니다
오늘은 내 정원에 나비가
태어나는 날 입니다
오늘은 내 정원에 느린 말발굽 소리가
경쾌히 들려옵니다

눈빛

그는 사랑한다고 말한 적이 없습니다
그는 안타까운 사랑도 말한 적이 없습니다

나는 그의 눈빛을 별빛보다 깊게 읽고
그가 마시는 커피를 타고
은은한 달빛을 품었습니다

그의 눈빛에 물들어가던 시간과
노란 은행잎의 가을빛이
그의 모습으로 서 있는
깊어가는 가을입니다

눈빛마저도 내 마음에 떨어져
낙엽이 되는 완연한 가을입니다

자유

우물에선
두레박을 타고
옹달샘에선
달빛을 따라
옥탑방에선
별빛을 따라 나왔다

소나무 향기가
시냇물을 따라 흐른다
나는 깊게 숨을 쉰다
좋은 바람이 분다
두 눈을 감는다

보이지 않는 손

실낱같은 감정도 흘려보내지 않고
가여운 사람을 지나치지 못하는 여린 가슴을
보았습니다

강한 것에 맞서고 약한 것을
보호하려는 느티나무를
보았습니다

그는 이제 보이지 않는 손이 되어
나에게 햇살을 전해 줍니다
아 아버지 그는 내가 그린 말을 타고
꽃비가 내리는 날 하늘로 떠났습니다

그는 이제 보이지 않는 눈물이 되어
나에게 여우비를 내려줍니다

가을 독백

밥은 먹었니
편두통이 심해질 때는
두통약을 먹도록 해
저체온이 올 때는
따스한 차를 마시고
수면 양말을 신고 면 스카프를
목에 느슨하게 두르고 잠들어
아이들이 옷을 밟고 다닐 정도로 어질러도
사람만 안 밟고 다니면 되지 라고 생각해
불편하면 자기들이 치우겠지
말도 안 듣는데
괜히 너 혼자 스트레스받지 마!
그리고 마음 줄 그 누구도
기대하지는 마
기대하면 실망하잖아
그러면 마음 아프잖아
그럴 땐 화실 앞 은행나무 놀이터 한번 휙 돌고
가을바람 가슴속으로 한가득 마시면 되지
어제는 다정한 친구들이랑 수다도 떨고
크루저를 기다란 나만의 유리잔에 마셨는데
행복했어

지지난주에는 친구랑 밤바다도 보고
지난주에는 우리 식구가 된 지 일주일 된 강아지 몽구를
가슴에 안고 동대문 새벽시장에도
돌아다녔어
내가 강아지에 빠질 수 있다는 것도 신기했어
행복해하는 나에게
친구는 내가 별일도 아닌 것에
의미를 가지고 행복해하고 아름다운 시를 쓴다 했어
맞아 친구야
나는 지금 아이처럼 모든 게 행복하고 새롭고 아름다워
예쁜 옷을 좋아하는 가을처럼 말이야 세상은
사랑이 아니어도 충분히 아름답고

세상은 그리움이 아니어도 아주 깊단다
짙은 가을처럼 말이야
그래도 어쩔 수 없이 밀려오는 그리움은
나만이 아니라 누구나가 가지고 사는 것 같아
늘 우리 곁에 머무는 바람처럼 말이야
늘 우리 곁을 맴도는 빗방울처럼 말이야
내 독백을 가을이 듣고
가을은 내 가슴속에서 짙게 물들어 가고 있어

바람만의 기억

안녕이라고 누군가 인사를
해줄 것만 같은 가을 아침
나는 낙엽 위에도 마른 나뭇가지 위에도
그리움을 적어 내린다
내 마음을 바람이 알아차렸는지
바람이 그 누군가의 마음을 싣고 와
예쁜 인사를 한다

그리움 고이 접어
바람에 내놓으면
가을 향이 깊이 배이도록
그 가을에 머문다

예쁜 가을 인사가
채 머무르기도 전에
나는 바람에 그의 마음을 실어
되돌려 보내야 하는 아침
내 그리움들이
마지막 잎새가 된다

계절 한 장을 넘기는 공허함을
애써 밀어낼 수밖에 없어
바람만을 기억하고 싶은
떠나 보내기 힘겨운
가을 아침이다

인연

인연
그것은 바람이 떠돌다
우연히 앉은 자리이다

인연
바람이 머문 자리에
우연히 피어 기다림에 지친
하얀 민들레이다

인연
무엇으로 말하리
그리움의 하얀 홀씨
바람에 실려

뿌리 내린 하얀 땅
하얀 그리움

작은 세상

내 안에 작은 세상이
셀 수도 없이 많이 살고 있다
보이는 것은 작고
들리는 것도 작을 뿐
아직 못다 한 꿈들은 너무도 많은데
꾸어온 꿈들의 내 작은 세상이
내 안에 살고 있다

내 모습은 작게 비추이고
내 속에 남아 있는 나의 존재는
살아 보지도 못하고
사라지는 구름이 된다

얼마를 살아도 존재에 갇혀
나오지 못한 내 작은 세상은
단 한 번 피어 보지도 못하고
바람의 벼랑 끝
꽃잎이 되어 마음에 떨어진다

어둠 속 한 줄 빛에 시력을 잃을 만큼
내가 키우지 못한 나의 작은 세상이

소멸해 가는 흔적에
나 스스로 숨 막히는 호흡을
습관처럼 내뱉는다

일상에 부는 상처

어디에선가 바람이 불어온다
바람이 불면 그 바람에
나도 모르게 마음이 젖는다
젖은 마음에 바람들은 화살이 되어
거꾸로 꽂힌다
명쾌하지 않은 붉은 피가
떠나지 않은 통증이 되어 매일
내 가슴을 타고 내린다
나는 바람이 무겁고
바람의 냄새에 묻힐만큼
가벼운 존재가 된다
바람에 굳은 핏자욱을 안은 가슴은
오랫동안 내릴 비를 기다리다
마지막 잎새가 떨구는 이슬에
상처를 씻는다

슬픈 말

세상에서 가장 슬픈 말을 들었다
세상에서 가장 슬픈 말을 듣고도
나는 뻔뻔스러워져야 한다

세상에서 가장 슬픈 말은
또 내 가슴에서 머리를 처박고
죽을 힘을 다해 덤빌 것이다

세상에서 가장 슬픈 말에
나는 뻔뻔스럽고
또 뻔뻔스러워져야 한다
슬픈 말에 내가 죽지 않도록

자전거

내 안의 길은 붉은 단풍잎
그대 자전거 세워 놓을
내 마음은 오랜 플라타너스
맑은 날의 가을 길

그대 안의 길은 우산 없는 비
내 자전거 갈 곳 없는
눈물 먹은 젖은 땅
흐린 날의 겨울 호숫가 길

외로움

영혼 없이 마주한다
표정없는 인연으로 걸어와
내 옆에 머물렀다 사라진다

소리 없는 걸음으로
다가왔다
그저 바람따라
사라지는

네가 있어 나는 더 슬프다
네가 있어 나는 더 외롭다

너는 내가 될 수 없고
나는 네가 될 수 없기에

너는 네가 되려는 외로움
나는 내가 되려는 몸부림을
남긴다

떠나 보내도

내 마음은
외로움에 떨다 지친 낙엽
시를 쓸 수 있는 가슴만 남기고
종이 배에 실어 강물에 띄운다
보내고 또 보내도
물길따라 되돌아오는 종이배
어쩔 수 없는 외로움이
내 마음속에서 맴을 돈다
하늘마저 강물로 내려와
내 마음속을 비추다가
외로움에 떤다

물길따라 되돌아오는 종이배
강물은 내 마음을 향해 흐른다
애써 떠나 보내도 내 강물에 하늘이
비추인다
멀찌감치 떠나 보냈어도
하늘은
강물에 앉아 울고만 있더라

멀리 저 멀리 종이배에 실어

떠나 보내도 내 마음속 맴도는
물길이다
떠나 보내도 내 마음속 비추이는
하늘이더라

삶과 죽음

걸어서 수평선에 닿으면
삶과 죽음이 신작로처럼
이어져 있을까
경계선 같은 수평선 길을
넘었다 돌아서면
수평선 너머가 삶인지
저 길이 끝인지 알 수 없다

거부할 수 없는 고통의 시간을
찾아온 힘겨운 깊은 잠에서
깨어나면
아직도 느껴지는 존재의
가벼움으로 살아 있음을 느끼고

홀로 이길 수 없는
고통의 시간 속에서
눈을 감으면
까마귀 나는 하얀 밭
하얀 그리움

어둠 속으로 걸어 들어갔다
홀로이 다시 걸어 나오면 빛

그토록 지독한 테레핀과
린시드향도 시간에 사라지듯
진실도 존재도 사라질 것을 안다
영혼을 남기려는 것을 안다

격렬한 붓질과 꿈꾸는 언어들
오늘은 쓸쓸히 삶에서 죽음으로
걸어간다
내일은 조용히 눈뜬 아침에 입을 맞춘다
아무도 없는 기억을 거닐다 다시
기억을 버리려 삶으로 들어왔다
또다시 수평선에 누워 잠들었다
깨어난다

그 마음 알 것 같아서

축제가 있는 곳을 걸었다
연못의 연꽃들은 절간에 있지 않고
사람들의 미소에 몸살을 앓는 듯했다
거지 여인이 돈을 달라 했다
엄마는 거지 여인의 손에 지폐 몇 개를 집어주며
두 손을 꼭 잡고 우신다
이 사람아 왜 여기서 이러고 있나 하시며
돈을 쥐어주신다
그녀가 말한다
당신 딸이 크게 될 겁니다
엄마는 그런 말 따윈 아랑곳하지도 않고
얼굴에 그녀를 걱정하는 낯빛만 가득 돈다
엄마의 갑작스러운 행동에 시간이 멈춘 듯
그 광경을 멍하니 한참을 쳐다본 시간이 흐른다
아무런 대화도 오가지 않았는데
그녀의 사연을 읽은 것도 아닌데
그녀도 그런 엄마와 함께 한참을 운다
아는 사람도 아닌데
엄마는 안타까워 어쩔 줄을 모르신다
엄마는 그녀가 누구라도 될 수 있기 때문이라 생각하
신 걸까

그가 거지로 있을 얼굴이 아니라 생각하신 걸까
그녀와 멀어진 후에도 옷자락에 눈물을 닦는
엄마의 수심을 쳐다만 보았다
그 마음 알 것 같아서

빛 멀미

빛을 버스처럼 기다렸다
빛이 멈추어서는 그곳에서
46 빛을 타야 갈 수 있는 곳이 있었으리
내 앞에 멈추어 선 빛에 올라탔다
시간이 내 옆에 앉는다
동무처럼
빛의 속도는 나의 눈을 가리고
시간은 빛의 속도를 바라본다
그 빛 그 시간의 울렁거림
내릴 수도 달릴 수도 없는
눈을 감아도 빛은
대낮이 되어 나를 깨운다
빛의 칼날이다
빛의 비수에 꽂힌 일상에
내가 하얗게 부서지고 사라진다

굽은 길 위에서
나를 만나다

굽은 길 위에서
나를 만나다